일상 속에 피는 꽃

일상 속에 피는 꽃

천보숙 시집

문이당

시인의 말

　나의 주된 일은 교육에 관한 것이다. 하지만 내 영혼에 은빛 날개를 달아주는 것은 내가 좋아하는 일에 빠질 때였다. 서예, 영어회화, 수채화 그리기 등……

　몇 년 전 그날을 잊을 수 없다. 첫눈이 내리던 그날, 하늘이 나에게 시내림(?)을 주셨기에. 이제, 일상에서 만나는 크고 작은 일들로 피운 꽃을 떨리는 마음으로 세상에 보낸다. 삶에 지친 사람들에게 내가 지은 시 어느 한 구절이라도 위로가 되었으면 하는 작은 바람을 안고.

2020년 가을
천 보 숙

차례

1장 마음을 이어

2장 꽃향기에 스며들어

3장 계절이 부르는

4장 여행에 기대어

5장 꿈을 담아

1장
마음을 이어

오늘은 내가 양보할게
간절한 너의 사랑 위해

둘레길에서

씨실 날실 엮어 만든
거적때기 세상 위로
손톱 끝만큼도 안되는 그 틈새 비집고
새 생명이 피어났구나

어쩌려구
이 좁은 틈새 비집고
사람들 발밑에서
생명의 불꽃 피워 올리나

한 발짝만 비켰으면
너희도 남들처럼
대지의 꿈 활짝 피워 올렸을 텐데

아니다 미안하다
너의 영토에 길 만든 사람들이 잘못인걸

오늘부터 내가
길을 비켜가야겠구나

코로나포비아2

봄 냉이 캐놓았으니
가져가라는 엄마 전화

코로나 때문에 못 간다 했더니
대문에 걸어놓으시겠다 한다

대문에 걸려 있는 엄마 마음
저만치 멀리 떨어져서 손 흔드는
엄마의 모습

왈칵 눈물이 솟는다

검정고무신

하얀 바탕에
알록달록 피어난 꽃들
그 어여쁜 꽃신 신고
폴짝폴짝 뛰고 싶던 내 꿈은
장날 아버지가 사다 주신
검정 고무신 앞에
속절없이 무너졌네
햇빛에 그을려 가무잡잡한 발
비가 오나 눈이 오나
언제나 함께 했던
내 어린 날의 검정 고무신
지금은 어느 먼 하늘가
어느 개울가를 흘러가는지

민들레의 노래

땅에 납작 엎드린 것처럼
아주 키가 작아서
길가의 풀섶에서
꽃밭 가장자리에서
때로는 혼자서
때로는 무리지어
노란 얼굴 살짝 내밀고
아주 겸손하게 살아가요
그러다가 어느 날
대지의 푸른 꿈 가득 안고
동그랗고 하얀 솜털 되어
하늘 높이 날아올라
훠얼훨 산 넘고 강을 건너
세상 끝까지 날아가요
내 영혼의 자유를 찾아서
내 노래 들어줄 사랑을 찾아서

낙방 후기

기어이 물을 마셨다
아주 쓴 물을

속이 쓰리고 아프다
아주 많이

그래 달달한 설탕물만 마시고
내 어찌 큰 그릇이 되려나
이 또한 나를 담금질하는
삶의 한 자락이려니
그렇게 여기자
그리고 일어나자

일상에 묻히며
또다시 가던 길 한걸음
또 한걸음 가다 보면
언젠가는 내 앞에도
꽃길이 펼쳐지리라

도전 번지점프

넌 할 수 있어!
떨리는 가슴 속 마음 다지며
하늘 향해 솟아 있는 번지점프대에서
저 아래 지면을 내려본다

까마득한 지상
날 응원해 주는 친구는 개미가 되고
꽁꽁 언 한겨울의 강물도
하얗게 솟아오른다

나를 떠미는 카운트다운은
귀에 들어오지 않고
나는 또다시 새가슴이 된다

다시 한 번
저승사자처럼 달려드는 카운트에
세상 걱정 다 모아 바람에 날리고
눈을 꼭 감는다

두둥 몸이 난다 하늘의 새처럼
줄 하나에 목숨 맡긴 극한의 두려움
그것은 자유였다

수호천사*

한때 나는 수호천사였다

공부가 부족한 아기천사에게는
지혜를 더 넣어주고

꿈이 높은 아기천사에게는
더불어 높이 날도록 튼튼한 날개 달아주고

마음이 아픈 아기천사에게는
따뜻한 마음으로 치료해 주며

아기천사들의 하모니를
지휘하는 수호천사

*아이들이 담임교사인 내게 붙여준 별칭

행복한 미소가 넘치는
아기천사들과 살던 그곳은
수호천사의 잊지 못할 천국이었다

옛날 그 천사들은
지금은 어느 하늘 아래를
날고 있을까

친구

오랜만에 만난 친한 친구와
차 한 잔 앞에 놓고

이런 이야기
저런 이야기
주제가 따로 없는
따뜻하고 향기로운 일상이 진주 되어

시계바늘은
과녁을 벗어난 화살

우리 가슴 깊은 곳에
영원히 빛날 보석 하나씩
심어 놓은 날이다

거문고 산조

어인 바람인가

비단 올 위 여섯 세상
두 손이 넘나들면
숨죽이고 있던
슬픔이 깨어난다

천 년을 기다려왔던
애달픔의 강물
천둥일까 벼락일까
우리네 질기디질긴
인연의 끈이었을까

못다 한 사랑
지나가면 그뿐인 바람 앞에
내내 흔들리던 달빛이여

그대 내게로 오다

꿈인지 생시인지

참으로 여러 날
기약도 없이 기다리던 그대

따스한 봄바람에 실려
한 아름의 시집 안고
내게로 날아왔습니다

그대의 한 마디 한 마디가
보석으로 빛나는데
시간은 어이 그리도 바삐 서두르던지

사랑으로 아로새긴 시집 한 권 위에
다음 기약을 올려놓고
그대는 훌쩍 떠나갔습니다

짧은 만남 긴 여운

그대가 새로이 날아온
이 봄은 진정 새봄입니다

매미의 사랑

붉은 태양의 계절
요란한 매미 떼 울음소리
하늘을 덮는다

고작 일 주일 사랑 위해
평생을 깜깜한 땅 속에서 연습해 왔던
애절한 사랑 노래
온 하늘을 덮는다

그래, 오늘은 내가 양보할게
간절한 너의 사랑 위해
두 손 모두 들어 줄게

28

내리사랑

부모가 된다는 건
부모님이 나에게 생명의 끈 이어준 것처럼
나도 자식에게 그 끈 이어주는 거다

화분에 물을 주며 꽃 키우듯
정원에 물을 주며 나무 키우듯

내가 자식에게 아낌없이 주는 마음
내 자식도 그 자식에게 그대로 심는다

아이 얼굴에 환히 피어나는
웃음꽃 하나면 그만이지

부모가 된다는 건
아낌없이 주고 베풀면서
사랑의 긴 끈 잇는 것이다

조손 바둑 대국

할아버지 바둑 한 판 두실래요?
허허, 그래
설날 저녁 온 가족이 다 모여
시끌벅적한 가운데 내미는 손자 도전장

대마불사 그늘에
여섯 말 앞세운 흑마 탄 손자와
맨손으로 백마 탄 할아버지
격자무늬 영토 놓고 벌어진
조손 간의 전쟁

흑마가 차지하는 손자 땅
백마가 차지하는 할아버지 땅
들고 나는 손끝 기량에
응원하는 온 가족 숨을 죽이고
창밖의 차가운 별빛도 가던 길 멈춘다

겨울 끝자락의 동장군 기세가
아직도 당당한 한밤중
흑마 백마의 긴 영토싸움 끝에
어허, 오늘은 할애비가 졌구나!
흑마 탄 손자는 국수의 꿈을 안고
까만 밤하늘로 날아오르고

백마 탄 할아버지 허리춤에도
사탕주머니 가득 매달아
올 일 년 내내 드실 거다

축구공

운동장 모퉁이에 버려진
낡은 축구공 하나

개구쟁이 꼬마들이
공 차며 놀다간 흔적

축구왕 P선수가 꿈 키우던
옛날 흔적이기도 하구요

머언 이국 하늘 아래 축구꽃 피우는
S선수의 그 옛날 흔적이기도 하네요

운동장 한 구석에 버려진
낡은 축구공 하나

이명 탈출

드디어 잠잠해진 세상
먼 기억 속에 있던 고요가
다시 찾아왔네

밤마다 붕붕거리던 소리
낮에도 윙윙거리던 소리
밤낮 가리지 않고 나를 따라다니던
그 소리 다 사라지고
다시 고요해진 세상

이제 난 달콤한 속삭임도
감미로운 음악도 원하지 않아

시계바늘 소리조차 숨죽이는 고요
그 속에 홀로 빠지고 싶을 뿐

링거주사

똑
똑
주말마다 병원에서
링거주사 맞는다

하얀 침대 위에 누워
방울방울 떨어지는 링거액 바라보며
삶의 전쟁터에서 빼앗긴 에너지
투명한 링거액 줄에
희망 조각 건다

긴 줄다리기로
진 다 빠진 그대와 나의 사랑
링거액 같은 사랑의 묘약 있다면
매일매일도 맞아볼 텐데

내 길이 아니라고

내 길이 아니라고
이건 내 길이 아니라고
수백 번 손사래를 쳤어도

어느 날 홀연히 뒤돌아보니
이 길은 결국
내가 가야할 길이었던 것을

내 사랑이 아니라고
이건 내 사랑이 아니라고
수백 번 가슴을 쳤어도

어느 날 홀연히 뒤돌아보니
이 사람은 결국
내가 품어야 할 사랑이었던 것을

2장

꽃향기에 스며들어

서둘러 떠나가는
모든 아름다운 것들을 위하여

산수유

아직도 남아 있는 추위로
두터운 옷깃 여미는 내 앞에
하이얀 봄 햇살 받으며
별빛처럼 반짝이는 노오란 몸짓으로
화들짝 봄이 왔다고 알려주네

그래
얕은 추위에도 난 너무 움츠리고 있었구나
두터운 겨울옷 벗고 어서 깨어나야지

별빛처럼 반짝이는
노오란 산수유 꽃처럼

행운목

무슨 향일까?
현관문 들어서니
향수보다 진한 향기
집안 가득하다

양지바른 아파트 베란다에서
낮에는 햇빛 담고
밤에는 별빛 담아
보석보다 더 빛나는
귀한 꽃 피워올렸구나

향수보다 진한 향기로
보석보다 빛나는 꽃으로
몸과 마음 무거워져 돌아온
내게 덥석 안기는 너

영원히 지지 않는
나의 꽃이여

배롱나무 흰 꽃

한마디 말없이 홀연히
떠나간 님 하염없이 그리다가
여름이 다가오는 어느 날
하얀 기다림으로 피어났습니다

한여름의 땡볕 아래서도 의연히
쏟아지는 소나기도 오롯이 맞으며
석 달 열흘 하루같이 하얀 드레스 차려입고

멀리 떠나간 당신을
기다리고 또 기다립니다

그대여
점점 더 높아지는 푸른 저 하늘 보시나요
이 여름 다가기 전 내 곁으로 돌아와
예전에 우리 그랬던 것처럼
아롱다롱 어우러질 수는 없나요?

벚꽃비

벚나무 너른 품에 안겨
왈츠 춤을 추던 화사한 벚꽃
바람 따라 연분홍 꽃비 뿌리며
서둘러 떠나가네

푸르른 내 품에 안겨
탱고 춤을 추던 날들
머리 위에 하얀 서리 뿌리며
서둘러 떠나가네

꽃비 내리는 이 저녁
그저 술이나 한 잔

서둘러 떠나가는
모든 아름다운 것들을 위하여
서둘러 떠나가는
모든 덧없는 것들을 위하여

백목련

겨우내 숨죽인 빈 나뭇가지에
하얀 목련이 찾아왔구나

넓은 대지의 꿈 접어두고
아파트 앞 정원의 좁은 터에
하얀 봄소식으로 내려앉았구나

해마다
우리 아파트의 봄은
하얀 목련이 가지고 온다

시크라멘

해마다 이른 봄
창가에 수줍음으로 피어나는
시크라멘

그 옛날 학창시절
한 소년이 수줍음 담아 내밀었던
빠알간 시크라멘꽃

해마다 이른 봄
나의 창가에 다시 피어나
한 줄기 바람 되고 강물이 되네

이 봄,
지나가는 바람이 전해 준 소식에
시크라멘 그 소년의 향기도
들어있을까?

애기똥풀꽃

하늘하늘
바람 타고 춤을 추는
노오랗고 조그만 얼굴에

하늘하늘
가녀린 몸 속 노오란 피로
부르는 봄의 노래

누구든
마음 울적한 날엔
나를 보러 오세요

여리고 마음 착한
나와 함께 있으면
마음이 금세 환해질 테니까요

내 고향

동네 이름처럼
산으로 둘러싸인 내 고향은

봄이면
산 중턱 과수원에
복사꽃 하얗게 흐드러지게 피고

여름이면
앞마당 평상 위에 누워서
까아만 밤하늘의 별을 세고

가을이면
동네 어귀 과수원에
군침을 더하는 빠알간 사과가 익어가고

대문 밖 돌담에 기대어
따스한 햇살 받으며
친구들과 뜨개질하던 겨울이었다

꿈속에서도 가끔 찾는
그리운 내 고향이 변해가고 있다

도시의 공장이
하나 둘 들어서더니
대형 창고가 과수원을 차지하고

내 머릿속 고향지도가 바뀌며
내 머릿속 회로가 엉킨다

내 고향이
사라지고 있다

라일락꽃

꽃들의 향연인가
여인의 향기인가

낮에도 빛나는 별 되고픈 꿈들이 모여
5월의 찬란한 햇살 안고
소담스레 피어난 연보랏빛 별무리

지난날
파레트 위 고운 빛깔로
내 눈길 사로잡더니

햇살 좋은 오늘은
너의 그윽한 향기 타고
옛사랑의 아련한 추억으로
여행 떠나게 되는구나

벚꽃이 서러워

해마다 새봄
눈부시게 아름다운 너의 모습에
내 마음 설레었는데

이 봄
코비드장막 사이로 내다본
너의 분부신 자태는
보면 볼수록 서럽기만 하구나

함박꽃

장미꽃처럼 화려하지 않아도
라일락처럼 향기롭지 않아도

바깥세상보다 하늘 가까운
깊은 산속에서

함박웃음으로 피어난 하얀 얼굴
온 세상 기쁨이어라

가끔
내 몸이 한없이 무거워질 때
내 마음 한없이 허물어질 때

함박웃음으로 피어나
새 힘 되는
네 하얀 얼굴

한겨울의 들국화

바람 찬 한겨울
성지 한 모퉁이에
홀로 피어난
노오란 들국화

살을 에이는 추위 견디며
그분께 정성 다해 기도 올리는
너는

무엇을 위해 기도하는 거니?
누구를 위해 기도하는 거니?

구절초 축제

한여름 뜨거운 태양이
자리 비켜가는 계절
한적한 산사 언덕 길가엔
오랜 기다림의 열매로
하얀 구절초가 주인 되어
벌 나비 떼와 함께 축제를 한다

하늘하늘 가녀린 몸매에
은은한 향기와 수수한 얼굴일지라도
가을 산사축제 주인공이다

바쁜 세상일 뒤로하고
산사 찾은 사람들
가을 햇살 따사로이 내려앉은
구절초 향기에 마음 내려놓고

혼자 추는 춤보다
군무가 더 아름다운
구절초 미소 속에 살포시 떠오르는
그리운 어머니
그 사랑

나팔꽃

투명한 가을 햇살 따라나선
산책길에서 만난 넌
아침부터 나팔을 부는구나

울긋불긋 물 들어가는
가을이 참 예쁘다고

노랗게 발갛게 익어가는
가을이 참 사랑스럽다고

온몸으로 가을 소식 알려주는
아침의 영광 나팔꽃

가만히 앉아서 자세히 보니까
너 정말 예쁘다

노란 꽃 한 송이

길가 화단의 풀섶에서
환하게 웃고 있는 노란 꽃을 보면
언제나 그대 생각이 먼저입니다
노란색을 좋아하는 그대
저 꽃 보면 좋아할 텐데

오늘은 그대도
이름 없는 한 송이 노란 꽃에서
노란색을 좋아하는 나
떠올렸나 봅니다
이름 모를 노란 꽃 한 송이에
그대 마음 담아 왔네요

오늘 밤은 그대와 나
꿈에서 함께 걸어요
노란 꽃이 활짝 핀 꽃길을

술

과거를 버리고
긴 여정 돌고 돌아
세상에 다시 태어났지

누군가의 기쁨을 위하여
누군가의 슬픔을 위하여

누군가의 진정한
그 무엇이 되기 위해

나는 세상에
다시 태어났지

꽃집을 지나며

꽃집 앞 지날 때면
언제나 나는 발길을 멈추지

사시사철 싱그러운 초록의 향연 속에
제각각 멋을 내는 매혹적인 꽃
작아서 더 마음 가는 다육이

모두 다 사고 싶다
아니 한 송이 꽃이라도 사고 싶다

꽃집 앞을 지날 때마다
내 마음은 언제나
예쁜 꽃 속에 빠져들지

3장

계절이 부르는

그래, 나는 지금
그대 사랑을 먹었구나

Boso

새털구름

세상에서 가장 넓고 푸른 캔버스에
눈부신 하얀 색으로 그린
새털 무늬 그림

그 어떤 화가도
흉내 낼 수 없는
멋진 새털 무늬 명화가
가을하늘을 덮었다

그분만 할 수 있는
예술의 경지

내 마음의 풍경화

대지의 온기 머금은
꽃눈에 물오르고
나무들이 연초록 고운 옷 입은 봄날은
투명한 수채화로

파란 바다 하얀 파도
바닷가 바위에
딱 붙어 있는 따개비의 여름은
강렬한 아크릴화로

붉은 단풍 물들고
낙엽 밟는 소리 가늘게 깔린
공원의 가을은
분위기 있는 유화로

하얀 눈 소리 없이 내리는 산기슭
고즈넉한 외딴집 품은 겨울은
담백한 수묵화로

해마다 철마다
내 마음의 풍경화가
계절 먼저 찾아온다

봄의 단상

따사로운 봄 햇살 가득 담은
동네 어귀 실개울
은빛 담아 흐르고

담장 너머 목련나무
마른 가지 사이 스쳐 가는
따스한 봄바람 품에 안아
하얀 꽃망울 내다보고

저만치 앞산에는
하늘 향해 아물아물
투명한 날개짓 하는
아지랑이 등 뒤로
초록의 희망 안은 나무들이 깨어난다

겨우내 추위에 눌린
내 어깨 쭈욱 펴고
코끝을 스치는 따스한 봄 향기
가슴에 담아

다시 붓을 들고
파렛트 위 무지개 색깔 모아
아름다운 꽃동산을 그려본다

봄이 오네

말없이 주고 간 약속을 잊지 않고
드디어 네가 오고 있나 보다

찬 바람 쌩쌩 불 때엔
너의 모습 찾아보기 힘들더니

입춘 다리 건너
눈부시게 아름다운 햇살 안고

살강살강
볼을 스치는 따스한 바람 타고

앞마당에
고양이 꼬리 늘어지게 붙들고

마침내
네가 오고 있구나

5월의 노래

5월의 투명한 햇살 안은
산과 들 초록은
아롱다롱 꽃향기를 더해가고

이름 모를 창밖의 새들
맑은 노랫소리
송송송 하늘 위로 솟아오르고

민들레 홀씨 닮은 내 영혼은
바람 타고 구름 타고
훨훨 날아다니네

붙잡고 싶다
이 좋은 계절
내 사랑 그대처럼
영
　원
　　히

5월의 장미축제

5월의 눈부신 햇살 안고
빨간 장미 축제가 열렸다
시골집 돌담 너머에도
아파트 울타리에도

지난밤 늦게까지 게임바다에서 헤매고
등굣길 발걸음에 모래주머니 찬
앞집 개구장이

어젯밤 폭탄주 후유증에
붉게 충혈된 눈 겨우 뜨고 출근길 서두르는
옆집 아저씨

이른 아침부터 분주한 하루 시작하며
종종걸음으로 달려가 가게 문 여는
이웃집 아주머니

마음에 가시 있는 자들
모두 초대하여
하얗게 부서지는 햇살 줄기 모아
향기로운 장미꽃길
화안히 열어준다

작은 새 빈 둥지

포로롱 포로롱
봄바람이 데려온 작은 새

친정 안뜰 모란꽃 나무
작은 가지 사이에 둥지를 틀었다

참새 절반도 안 되는
참으로 작은 새가
작은 둥지 속에 알 낳고
더 작은 아기 새 탄생시켜

어느 날 훌쩍
하늘 높이 날아올라
세상 속으로 떠나갔다

아기 새들 떠나간
텅 빈 작은 둥지는

오 남매 모두 키워
넓은 세상 속에 날려 보내고
허허로이 빈 둥지 지키는
친정 부모님 보물 되었다

귤 한 개

아침 출근길
함박웃음 묻혀
그대가 놓고 간
작은 귤 한 개

마른 입안에
가득 넘치는
달콤새콤한 맛

그래, 나는 지금
그대 사랑을 먹었구나

9월의 햇살만큼

한풀 꺾인 햇살인데
한낮엔 남은 힘 다하는 9월

푸르름 자랑하던 나뭇잎들도 엷어진 햇살에
찬란하던 푸른 빛 시나브로 감추며
떠날 채비를 한다

청춘의 푸른 빛 바래
조금 찬 기운에도
옷깃 여미는 내 모습

아직은
9월 한낮의
햇살만큼이면 좋겠다

가을 나들이

햇살 좋은 가을날
호숫가 바위 위에
남생이 가족이 가을 나들이 나왔다

그래, 날씨가 너무 좋지?
추운 겨울 오기 전에
맑고 깨끗한 가을 햇살
너희도 많이 껴안아 두렴
햇살은 누구에게나 공평하니까

가을 풍경화

맑은 햇살이 반겨주는
가을 속으로 들어갔다

하늘하늘 정겨운 코스모스 사이로
바람은 고요히 숨어 있고

파아란 하늘은
하얀 구름으로 커다란 추상화를 그린다

갈대숲 너머 강물은
가을 햇살에 찬란하게 부서지고

누렇게 고개 숙인 들판의 곡식은
겸손한 마음으로 농부의 손길 기다린다

가을 속 이 모든 것
오늘 저녁엔
하얀 캔버스에 담아야겠다

11월의 노래

나는 이름 없는 존재

나보다 한 걸음 앞선 10월이
너무 아름다워서
바로 뒤에 붙어 있는 나는
눈길을 주는 이가 아무도 없지요

나보다 한 걸음 뒤에 오는 12월은
성탄절을 품고 한 해를 접으며
누구에게나 크게 다가가도
한 걸음 앞에 있는 나는
그저 지나가는 징검다리로만 여기지요

하지만 가만히 생각해 보면
화려한 학예회로 동심이 춤추게 하고
낙엽 밟는 소리에
외로운 사람의 마음을 담는
그리고 무엇보다
누구나 가슴 설레이며
첫눈을 기다리게 하는 능력자는
바로 나인걸요

그렇죠
나처럼 별로 이름 없는 별도
누군가에게는 의미가 되어 반짝이지요

가을에게

해마다 이맘때면
난 너를 너무 좋아해

두둥실 떠다니는
하얀 구름 품은 파아란 하늘 때문에

빨간 고추잠자리 날개 사이로 떨어지는
맑고 투명한 햇살 때문에

온 여름 하늘을 뒤덮었던
요란한 매미떼 울음소리 밀어내는
길섶의 고운 풀벌레 소리 때문에

떠나보내고 싶지 않은 연인처럼
너를 꼬옥 붙잡고 싶은데

너는 또 스산한 바람 따라
이리저리 뒹구는 낙엽 따라
후다닥 떠나버리겠지

가을아
내 곁에 영원히 머물 수 없다면
조금만 더 더디 가렴

은행나무길

깊어가는 가을 끝자락에
떠나가는 가을 붙잡으려 찾은
현충사 앞 은행나무 터널길

그 옛날 임께서 구국의 염원 실어
저 하늘에 쏘아 올린 화살이
은행나무 작은 잎 사이사이 쏟아지는
눈부신 햇살 되었구나

폴랑폴랑 떨어지는
노오란 은행나무 잎을 모아
임 그리는 사랑의 하트 만들어
가을바람에 실어 보낸다

미리내 성지에서

밤하늘 밝히는 은하수 별들처럼
그 옛날 박해받은 신자들
숨어 숨어 밤늦도록 도자기 굽던
불꽃들이 만든
아늑하고 성스러운 축복의 땅

어떤 이는 홀로 고요히
어떤 이들은 무리 지어
순례자의 길 밟으며

마음의 평화 위해
가족의 행복 위해

경건한 마음으로 두 손 모으며
소망 한아름 실어 올린다

회상

내게도
따스한 봄날에 높이 솟아오르는
종달새의 꿈 모아 떨리는 가슴으로
노래 불러 본 적이 있었다네

내게도
뜨거운 여름 하늘 검게 덮고 쏟아지는 소나기
온몸으로 삼키며
웃어넘긴 적 있었다네

내게도
쓸쓸한 늦가을 오솔길 구르는 낙엽 밟으며
시몬의 낭만에 젖어 본 적이 있었다네

내게도
추운 겨울 함박눈 소복이 쌓인 공원길 걸으며
마음에 상처 안긴 그 사람 눈처럼
하얗게 덮어 준 적도 있었다네

우리는 모두
그렇게 사는 거라네

시간의 지우개

크나큰 기쁨으로
크나큰 슬픔으로

지금 이 순간이
아무리 선명하게 조각된다 하더라도
세월 흐르면 잊혀지기 마련이다

말없이 지나가는 시간의 지우개가
슬금슬금 기억의 흔적을 지우기 때문이다

다가오는 기쁨을 너무 세게 껴안지 말라
다가오는 슬픔을 너무 깊이 새기지도 말라

다만
세월의 강물이 흐르는 대로
그 속에서 천천히 흘러갈 일이다

4장
여행에 기대어

푸른 어둠 속에서
내 영혼에 은빛 날개 달아준 그대

컴퓨터 시작화면

아침마다 마주하는
컴퓨터 화면 세상

어떤 날은 고즈넉한 일본 고궁길로
어떤 날은 하늘이 내린 보석 알프스 설산으로
어떤 날은 붉게 펼쳐진 계곡 그랜드 캐니언으로

또 어떤 날은
숨을 멋게 하는 석양으로 물든 스페인 바닷가로
날마다 초대받는 세계여행 떠나며

오늘 하루 할 일들은
머언 세상의 이야기가 된다

천 년의 경주

늦가을 햇살 아래 반짝이는
은행잎들과 함께 찾아간 경주

긴 세월 동안 숱한 사람들이 두 손 모은
다보탑, 석가탑을 품어 안은
신이 내린 구도의 멋진 그림 불국사

밤하늘의 별자리에 걸어
신라 백성들의 꿈을 올린 첨성대

동해바다 속 문무왕의 염원을 실어 올리는
눈부신 해돋이를 일상으로 맞이하며
의연한 가부좌로 세상을 밝히는
대자대비 석굴암

신라왕가의 부귀영화 깔고 누워
천 년 잠을 자는 거대한 무덤촌이
아늑한 공원으로 환생한 대릉원

신라 장인들의 예술혼이 생생하게
살아 숨 쉬는 예술품의 집합체 경주
그곳을 걷는 것은
천 년 전 신라인이 되는 것이다

워커힐 벚꽃길

따스한 햇살이
온 누리를 춤추게 하는 봄
워커힐 공원길
벚꽃터널이 나를 부른다

만발한 연분홍 벚꽃터널 거닐며
환상의 벚꽃 향기 타고 날으는
하얀 나비가 되고

벚꽃 축제 구름 인파 속에서
상큼한 꽃차 한 모금으로
내 마음은 샤랄라
꽃구름 타고 난다

우리의 아픈 상처 6.25전쟁 때
파란 눈의 이방인 워커장군 구국 혼이
언덕 한 모퉁이에 머물러 화사한 축제 속
영면을 부르는 워커힐

이토록 아름다운 워커힐 벚꽃길에
그토록 아픈 상처가 숨어 있다니

화양구곡 길 따라

앙상한 나뭇가지 맴도는
싸한 추위 안고
화양구곡 길 따라
그 옛날 우암 선비 정기 받으며
늦가을 떠나보내는 길 나서네

발길은 바삭바삭 부서지는
낙엽 쌓인 길 위에
눈길은 반짝이는 가을햇살 안은
계곡의 물 위에

범상을 벗어난
구곡바위 비경으로
내 마음 깊은 곳
가을빛 가득 물들이네

연화봉 해돋이

지난 밤 낯선 곳에서
선잠을 뒤로 하고
연화봉 산허리에서
해 돋길 기다린다

발아래 펼쳐진
세상을 덮은 운무
저 아래 산 능선 위로
강물처럼 천천히 흘러가는 운무
어느새 소백산 끝자락에서부터
환한 햇살이 올라온다

어슴프레한 여명을 뚫고
붉은 해가 조금씩 조금씩
천천히 흐르는 운무를 삼키면

온 누리 가득
빛으로 물들었다

봄 서울타워

서울 남산에는
광활한 봄하늘 찌르는
초대형 주사기가 있다네

한 방은
산업사회 배설물 미세먼지 걷어가고
푸른 봄 하늘 빨리 돌려달라고

또 한 방은
꽃망울 터트리다 말고 서성대는 봄꽃들
어서 꽃 웃음 터뜨려 달라고

그리고 또 한 방은
저 하늘 위에 슬픔 조각 걸어놓은 자 모두
이 주사 한방으로 치유되어
봄날의 꽃 잔치 만끽할 수 있도록

자유의 여신상

하얀 포말 꼬리 다는 크루즈
어스름 저녁 하늘 배경으로
하나 둘씩 등꽃 수놓는
뉴욕의 빌딩숲 카메라에 담는 사이

푸르른 옥빛 우아한 자태로
자유의 햇불 하늘 높이 들고
우뚝 솟아오르는 자유의 여신상
뉴욕의 꿈, 지구촌의
자유 수호신이었네

푸른 어둠 속에서
내 영혼에 은빛 날개 달아준 그대
영원히 빛나리라

그랜드 캐니언

LA출발 대형버스에 몸을 실어
모하비 사막과 라스베가스를 건너서 만난
거대 계곡 그랜드 캐니언

붉은 주름 켜켜이
끝도 없이 펼쳐진 신의 조각품 전시장

저 아래 그 유명한 콜로라도강이
가느다란 실이 되고
점 하나로 보이는
한가운데 작은 다리

대륙을 주름잡고 달리던 인디언들은
계곡 아래에서 모여 사는
소수민이 되었다

내 숨을 멎게 하는 그랜드 캐니언
언제 다시 올 수 있을까?

두바이 분수 쇼

두바이의 까만 밤하늘
반짝이는 별들이 내려앉는 호수에
부드럽고 감미로운 천상의 노래 깔고
은빛 나래 펼치며 솟아오르는 분수

세상에서 가장 멋진 은빛 꽃 한 송이를
그대 가슴에 안겨드려요

세상에서 가장 멋진 은빛 왕관을
그대 머리 위에 씌워 드려요

세상에서 가장 멋진 은빛 무대 위에서
그대와 환상의 춤을 추어요

오늘은
그대 기억 속에 영원히 피어날
멋진 프로포즈하는
아주 아름다운 밤이에요

루이스 강

눈부시게 부서지는
따사로운 가을 햇살 안고

동화 속 그림 같은 집들이 이어지는
스위스 루체른 루이스 강

유유히 미끄러지는 크루즈 길 따라
끝없이 펼쳐지는 신이 내린 절경
두 눈에 가득 담고

흐드러진 베고니아 꽃웃음 속
고풍 넘치는 카펠교 거닐며

꿈과 사랑 나누는 지구촌 사람들과
함께 한 나의 발자국

내 마음의 보물상자 속에
이국 향기로 물들인 보석
하나 더 담는다

소백산 해넘이

소백산 해 넘어갈 무렵
산마루 위 흰 구름이
보석보다 더 빛나는
찬란한 영혼으로 숨 쉬는 것은

그래서 어느 날
서해 바닷가에서 본 낙조의 장엄함이
오히려 무색한 것은

온종일 홀로 세상 밝히던 태양이
해 넘어가기 전
또 한 번 남은 열정 다 모아
소백산 서녘 하늘에
모두 다 토해냈기 때문입니다

스스로 빛나는 것보다 더 아름다운 건
그 한 몸 불태워
누군가를 빛나게 하는 거겠죠

소사벌 신도시

고층아파트 주방
작은 창문으로 내려다보이는 풍경은
탁 트인 들판, 배꽃이 하얗게 봄밤을 밝히는
한 폭의 아름다운 그림이었다

어느 날 배나무가 뽑혀 나가
황톳빛 속살을 드러낸 대지에
초고층 아파트와 빌딩이
숲을 이루었다

배나무 가지를 휘돌던
바람이 지나간 자리에
밤을 낮처럼 환히 밝히는 휘황한 불빛이
라스베가스 야경을 부른다

내 눈앞의 아파트와 빌딩 숲은
내 마음의 창문을 닫아버렸다

제주 금능리 해변

동화 속 코끼리 삼킨
보아뱀 섬을 품은 바닷가

파란 하늘엔
하얀 구름 두둥실

선녀들이 내려와 뿌려놓은
비단 같은 금빛 모래

쪽빛 옥빛 엮어 놓은
맑고 푸른 바닷물

그 파란 바닷물에 발 담그며
동심으로 돌아간 사람들

천국이 어디냐고요?
천국은 바로 여기라고요

호숫가 연리지

수려한 명산의 기운 품은
드넓은 호수 바라보며
이루지 못한 천 년 사랑
서로의 심장 나누는
연리지로 피었네
봄 햇살의 속살거림도
한여름 붉은 태양이 녹인 열정도
가을의 찬란한 단풍 이야기도
한겨울의 흰 눈 내리는 호수 정경도
두 몸이 한 몸 되어
하나로 느끼며
이 세상 이별하는 그날까지
못다 한 그 사랑
내내 나누는구나

폐차

그분의 바퀴 달린 발이었지

그분 덕분에 우리나라 구석구석
가보지 않은 곳이 없었어

그분이 바쁜 날은 나도 무척 바빴고
그분이 기분 좋은 날은 나도 그랬으며
그분이 슬픈 날은 나도 역시 그랬지

이제 세월 따라 늙고 병들어
나의 생을 그만 접어야 하나 봐

병들고 아픈 또 다른 친구를 위해
그래도 아직 쓸 만한 장기는 기증해야겠어

눈을 감고 뒤돌아보니
한편으로는 아름다운 생이었지
밤하늘 수많은 별들 중
한 개의 별처럼

컴퓨터 고장

컴퓨터가 고장 나서
부팅도 안 된다

화면이 까맣다
온 세상이 까맣다

수리점에 맡겨놓고
출근했는데

하루 종일 마음이
컴퓨터에 갔다

퇴근길에 찾아온
컴퓨터가 다시 켜진다

온 세상이 다시 환하다

5장
꿈을 담아

어디쯤 가야 이 무게
다 내려놓을 수 있을까

평행선2

우리는
만날 수 없다
아니 만나서는 안 된다
그렇다고 더 멀어져도 안 된다

끝없이 이어지는
기찻길의 두 선로처럼

만날 수 없지만
멀어질 수도 없는 우리는
영원한 짝궁

손수레에 삶을 싣고

손수레에 하나 가득
삶의 무게 싣고
어제도 걷고
오늘도 걷는다

한평생 실어 날라도
다 못 내린 삶의 무게
어디쯤 가야 이 무게
다 내려놓을 수 있을까

손수레에 가득 실은
삶의 무게 굴리며
오늘도 아득히 멀리 있는
무지개 동산 내다본다

꽃샘추위

따뜻한 봄은
그냥 오지 않지
연둣빛 고운 새싹 안고 잘 오다가
뒷걸음질

얼어 죽을 것은 얼어 죽고
살아남을 것은 살아남는
한바탕 꽃샘추위 안겨주고 나서야
봄다운 봄이 오지

내 사랑도
그냥은 오지 않나 봐

아롱다롱 사랑무늬 잘 엮어가다가
반드시 뒷걸음질해서
잃을 것은 잃고
얻을 것은 얻으며
한바탕 사랑앓이 하고나서야
튼실한 사랑으로 굳어지나 봐

큰 그림을 위하여

한여름의 무더위와 천둥 번개 소나기는
가을에 곱게 피어나는 노란 국화를 위한
담금질이었습니다

지난날 밤잠을 못 이룬 수많은 애환은
교단의 꽃으로 활짝 피어날 나를 위한
담금질이었습니다

주옥같은 말씀들 가슴에 새긴 국내연수
넓은 세상 두 눈에 가득 담은 해외연수
모두 엮은 아름다운 동행으로

사랑과 웃음 넘치는 새 행복동산에서
꿈나무 가득 품을 큰 그림을 그려봅니다

길고양이

나도 한때는
사랑하는 사람이 있었어요
그분도 나를 너무나 사랑했어요

어느 날 갑자기
영문도 모르게 그분이
내 곁을 떠나갔어요

이제나 오시려나
저제나 오시려나

나는
오늘도 길 위를 배회하며
그분을 기다립니다

콩나물 이야기

나는
해도 달도 별도 없는 깜깜한 세상의
아주 작은 콩알이었어요

누군가 아침 저녁 쉼 없이 주는
담담한 물만 먹었어요

내가 먹은 물
몸 밖으로 다 빠진 것 같아도

엄마 젖 먹으며
날마다 쑥쑥 자라는 아기처럼

며칠 후
하얀 발 뾰족이 내밀고는

어느덧 날씬한 콩나물 되어
이렇게 세상의 빛을 보아요

누군가의 한 접시 콩나물을 위해
누군가의 한 그릇 콩나물국을 위해

금붕어의 꿈

하얀 바탕에 빨간 얼룩무늬
예쁜 옷 입은 나는
네모난 작은 유리집에
살고 있지요

부드러운 금빛 모래 위
뽀글뽀글 오르는 산소 방울 마시며
빙글빙글 돌아가는 물레방아 놀이터에서
친구들과 술래잡기 놀이도 하며

하지만 나는
삶의 이야기 가득한 넓은 세상에서
꼬리지느러미 크게 휘저으며
은빛 물결 튀어오르는 은어 되고
세찬 파도 가르는 돌고래 되어
멀리멀리 여행하며
살고 싶어요

단 하루라도

샤먼의 세상

가끔 재미로 드나드는
샤먼의 세상

올 한 해 운명의 여신이 내 편에 설까?
나의 짝지와는
검은 머리 위에 하얀 눈 내리도록 잘 살까?

샤먼에게 물어보는
알 수 없는 나의 미래

믿을까?
말까?

좋은 건 믿고 싶고
안 좋은 건 멀리하고 싶은
샤먼의 세상

시인의 얼굴

그림에 아주 빠져 있을 때
거울에게 물었었다
내가 화가인지 아닌지
그때 거울은 내 편이 아니었다

오랫동안 꿈꾸며 그려오던 화가가
내 모습이 아니라니

내가 시에 푹 빠져 있는 지금
거울에게 다시 물어본다
내 얼굴이 시인인지 아닌지
거울은 다행히 내 편이 된다

영혼에 은빛 날개 달린
시인이 되라 한다

새해기도2

새해에는
눈앞에 보이는 것보다
한 발짝 더 멀리 보는 혜안을 지닌
그런 사람이 되게 하소서

새해에는
귀로 들리는 소리보다
내 안에서 들리는 마음의 소리에 더 민감한
그런 사람이 되게 하소서

새해에는
비바람 부는 날보다
눈부신 햇살로 세상 물들이며
우리 모두의 얼굴 가득 함박웃음 꽃 피는
그런 날들이 더 많게 되길

간절히 소망합니다

어느 주목의 외침

산허리에서 죽은 듯 가만히 서 있지만
정말이지 나는 죽지 않았습니다

꽃 피고 열매 맺던 나의 영광은
모두 지나가는 바람 속에 날려 보냈습니다

한낮 태양의 열정도 의미 없으며
한밤의 달빛 별빛 속삭임도 의미 없이
지나가는 계절마다 그럭저럭 지내는
실오라기 하나 걸치지 않은 나

한겨울 나의 온몸에 피어나는 하얀 눈꽃만은
아직도 뭇사람의 가슴을 설레게 하나 봅니다
하얀 눈꽃 핀 나를 보며
천 년 사랑을 약속하나 봅니다

그러므로
정말이지 나는 죽지 않았습니다
지금 이 모습 이대로
앞으로도 천 년은 더 살고 싶습니다

블루로드 위에서

한 생명이 푸른 바다 위에 떠 있다
식구들 생명줄 이어가기 위해서

한 마음을 푸른 바다에 던진다
일상에서 멍든 마음 치유하기 위해서

그 어부처럼
그 강태공처럼

바닷가 블루로드 위에 선 나는
5월의 햇살 품어 반짝이는 푸른 바다
그 바다에 마냥 빠진다

세상에서 가장 험한 등굣길

세상에서 가장 높은 티티카카 호수에
한 줄기 햇살이 아침 밝히면
손수 엮어 만든 갈대조각배에 몸 싣고
긴 장대 저어 저어 티티카카호 건너는
호수 위 갈대섬의 한 소년

비 오고 바람 불어 풍랑이 덮치면
장대 노질 멈추고 손바닥 하나로
배 안의 물 퍼내며 둥둥 떠가는
멀고도 험난한 등굣길

학교는 또 다른 갈대섬 위 단 두 칸의 교실뿐
그럼에도 몇 명 안 되는 친구들과
책 속에 영혼 다 쏟으며 공부하는 소년

학교 공부 끝나면 왔던 길 되돌아
두 시간도 넘는 험한 물길 위에 목숨 걸어
세상과 동떨어진 호수 안의 둥둥섬
갈대집으로 향한다

한 손에는 책가방 들고
또 한 손엔 갈대숲에서 잡은 물새 한 마리 들고
하늘 위의 해 나침반 삼아
붉은 저녁노을 어깨에 걸치고
파란 티티카카호 물빛에 젖어 돌아가는 소년

세상에서 가장 험한 등굣길을 오가는 장한 소년이여
세상에서 가장 험한 극한의 벽을 넘고
언젠가는 너의 꿈 엔지니어가 되어
얼굴 가득 웃음꽃 피어나기를

미국에서의 아침기도

트윗 트윗 트윗
트윗 트윗 트윗
창밖의 이름 모를 새소리가
이국의 새 아침 열어준다

그랬다
어제 나는 이곳 피츠버그 공항에서
뜨거운 눈시울 적시며
아들을 가슴에 꼭 안았다

발 편한 가던 길 멈추고
이역만리 낯선 땅에서
밤낮으로 영어와 컴퓨터에
꿈 조각 실어 올려

이제 오늘
빛나는 별 하나 가슴에 품게 되는
보석보다 귀한 아들

미국의 높고 푸른 하늘 담은 너의 꿈
컴퓨터와 인공지능으로 엮어서
또 다른 꽃길 인생 펼쳐가길

이름 모를 새와 함께
조용한 아침 열면서
두 손 모은다

하얀 어미 새 날아들다

우리 행복둥지 빈자리에
하얀 어미 새 멀리서
뽀송뽀송 솜털 향내 묻혀
쌍으로 날아들었네

까만 밤하늘 밝혀주는
달빛 별빛 친구 삼아
긴 여정 꿋꿋이
꿈 나래 펼친 보람에
포근한 행복둥지로 살포시
날아든 하얀 어미 새

생애 첫 보금자리 우리 행복둥지에서
설레는 가슴으로 다가오는
꿈둥이 아기 새들 만나서
때로 비바람 세차게 몰아치더라도
의연하게 잘 이겨내 향기로운 꿈과 사랑
도란도란 꽃 피우길

주객전도

나뭇가지 위 까치 두 마리
고양이 눈에 들어왔다

이 나무 저 나무
포록포록 날아다니는 까치

살금살금 나무에 오르며
까치 노리는 고양이

큰 나래 활짝 펴고 땅 밑으로 내려와
콕콕콕 먹이 쪼는 까치

나무 위에 웅크리고
까치만 노려보는 고양이

고양이 안은 나무
까치 품은 대지

종착역에서

기차를 탔습니다
먼 여행길이어서
간간이 나타나는 역마다
내리고 싶을 때가 많았습니다

그래도 꾹 참고
차창 밖 스쳐 가는 풍경도 보고
옆 사람과 작은 담소도 나누고
아이들이 재잘거리는 소리도 들으며
종착역까지 갔습니다

종착역에 내려보니
내 앞에 소박한 길이
또 펼쳐집니다

이 길 위에서
길가에 핀 꽃들과 이야기도 하고
숲속의 새소리에 귀 기울이며
천천히 걸어갈 것입니다

왠지
이 길이 더
마음에 들 것만 같습니다

일상 속에 피는 꽃

초판 1쇄 인쇄일 • 2020년 9월 25일
초판 1쇄 발행일 • 2020년 9월 29일

지은이 • 천보숙
펴낸이 • 임성규
펴낸곳 • 문이당

등록 • 1988. 11. 5. 제 1-832호
주소 • 서울시 성북구 동소문로 65-2 삼송빌딩 5층
전화 • 928-8741~3(영) 927-4990~2(편)
팩스 • 925-5406

전자우편 munidang88@naver.com

ISBN 978-89-7456-531 - 2   03810

값은 뒤표지에 표시되어 있습니다.